KB275030

그때 나는 아름다웠다

그때 나는 아름다웠다

그때 나는 아름다웠다

2026년 1월 8일 초판 1쇄 인쇄
2026년 1월 15일 초판 1쇄 발행

지은이 | 박진임
펴낸이 | 孫貞順

펴낸곳 | 도서출판 작가
　　　　(03756) 서울 서대문구 북아현로6길 50
　　　　전화 | 02)365-8111~2　팩스 | 02)365-8110
　　　　이메일 | cultura@cultura.co.kr
　　　　홈페이지 | www.cultura.co.kr
　　　　등록번호 | 제13-630호(2000. 2. 9.)

편집 | 손희 양진호 설재원
디자인 | 오경은 이동홍
마케팅 | 박영민
관리 | 이용승

ⓒ박진임, 2025. Printed in Seoul, Korea.
ISBN 979-11-24095-24-9 (03810)

값 12,000원

작가 시인선 026

그때 나는 아름다웠다

박진임 시집

작가

■ 자서

　프랑스 작가 아니 에르노는 말했다. 기록되지 않은 경험은 단지 스쳐 간 일에 불과하다고. 그리고 기록될 때에만 그 경험은 정리되고 완성된다고. 나는 나 자신만의 경험과 기억을 그냥 스쳐 보내지 않기로 했다. 시를 써서 내 기억을 보존하고 경험의 의미를 확정하기로 했다. 줄글을 써서 발표하기 시작한지는 꽤 오래 되었다. 2004년,《문학사상》을 통해 문학평론가로 등단하였으니 벌써 이십 년 세월이 흘렀다. 이제는 줄글을 쓸 때에는 마음이 편하다. 세월과 함께 글쓰기가 조금 나아진 것 같다고 느끼곤 한다. 아직 떫은 감 같은 내 시들도 그렇게 시간이 흐를수록 익어가며 단물 들기를 바랄 뿐이다.

　시를 사랑하는 마음에서 선뜻 출간을 결정해주신 손정순 사장님, 그리고 공들여 졸고를 다듬고 꾸며주신 작가 편집부 분들께 깊이 감사드린다.

2025년 겨울,
박진임

차례

자서

1부

3부

4부

자전적 산문

시인이자 화가이며 교육자,
그리고 무엇보다도 다정한 나의 아버지셨던
고 운초 박재두 시인 영전에 바칩니다.

1부

삼대

엄마는 스물둘에 나를 낳았고
나는 스물다섯에 딸을 낳았다.
팔순, 환갑, 서른다섯
세 여자가 함께 걷는다.
세 자매 같은
세 세대가 걸어간다.

보릿고개 시절,
고기도 생선도 없는 멀건 미역국을 먹었던 우리 엄마.
가난한 유학생 시절,
빈민을 위한 배급 우유와 치즈를 먹었던 나.
또, 자유를 누리며
샌드위치 한 쪽 먹고 일만 하는 딸.

유속이 서로 다른 세 줄기 강물 위에 뜬
세 척의 배,
각자의 노를 부지런히 저어가며
나란히 물에 뜬
세 척의 배.
서로 멀어지지 않으려고 늘 살피는,
그 풍경.

카스테라를 보면

엄마는 카스테라 하나를 사 주셨다.
사 남매를 데리고는 셋방도 못 얻는다고
맏이인 나를 할머니에게 떼어 놓았다.
카스테라 하나에
순순히 엄마 손을 놓았다.
부드럽고 달콤한,
엄마를 버리고 얻은 카스테라.

그날 나는 배웠으리라.
달콤함 뒤에는 외로움이 따르고,
부드러움 안에는 슬픔이 도사리고 있다는 것.
부드럽고 달콤한 카스테라를 집은 탓에
오래도록 겪어야 했던 외로움,
그리고 슬픔.

큰 집이 있던 섬마을,
섬 그늘에 굴 따러 간 엄마도 없이
젖도 못 떼고 팔려온 강아지처럼
혼자 누운 채,
종일 파도의 노래를 들었다.
조개껍질로 숟가락을 만들고

옥수수 하모니카로 한나절을 놀았다.

해 질 녘엔 뒷동산에 올라
여객선에서 내리는 사람들을 하나하나 살폈다.
마지막 한 사람까지 다 내리고 나면
배는 뒷걸음질 쳐 포구를 벗어나고,
그제서야
할 일 없이
터덜터덜 걸어 내려왔다.
돌덩이가 가슴을 꽉 누른 듯했다.
누군가 건드리면 그만 바다가 쏟아질 듯했다.

밤이면 벽을 보고 돌아누워서
벽지 꽃무늬만 손가락으로 따라 그렸다.
가끔 훌쩍거렸을까?
그러다 잠들었을까?

지금도 카스테라를 보면
평생을 갈 설움이 보인다.
배가 떠나려고 뱃고동을 길게 울리던
그 부두에서 카스테라를 손에 쥐던 날부터
부드럽고 달콤한 것을 멀리하는 습관이 생겼다.

수영장에서

서울, 여름, 칠월
습한 여름의 하루치 일이 끝났다.
이제 물에 들어라,
헤엄치는 개구리,
여름밤 외갓집 앞 논물에서
밤 내 와글거리던 개구리, 그 개구리.

오래전에는
어린 딸을 키우는 젊은 엄마였지.
수영장에서 모녀는
함께 유영했다.
유유히 흐르다 방향 바꿔
서로를 향해 달려갔다
물안경 속, 딸의 눈동자는 상어 눈이 되었다.
아직 세상의 충돌과 오해와 모함,
어른들 세상의 그 무엇도 알지 못했던
어린 생명이 헤엄쳐 왔다.
물속에서 물을 갈라 자신만의 물길을 내며
오로지 나를 향해 달려왔다.
나 또한 딸을 만나러 맞은편에서 헤엄쳐갔다.
어른들의 세상은 물 밖으로 던져 내팽개친 채

물 안에서 놀았다.

물속에서 서로 만날 땐
두 손을 맞잡았다.
손보다 입술이 먼저 닿았다.
물속이 하늘이 되고
우리는 새가 되어
함께 날개를 푸득거렸다.
어디라도 날아갈 수 있을 것 같았던
젊은 엄마, 어린 딸.

아이는 이제 자라서 먼 나라에 가 있다.
우린 더는 함께 헤엄치지 못하고
아이 혼자
물 밖의 물속에서 부지런히 팔다리를 휘젓고 있겠다.
잠시만 멈추면 그만 가라앉고 마는 것,

세상의 이치란 그런 것.
끝이 보이지 않는 세상,
맞은편에서 헤엄쳐와 줄 엄마가 없는 나라에서
혼자 막연히 헤엄쳐 가겠지.

어딘지도 모르는, 혼자 정한 방향으로
짝 잃은 새가 날갯짓하듯 퍼덕이고 있겠지.

나도 홀로 수영장에 간다.
앞으로 앞으로
물속에서 나아간다.
움직여 가다 보면 저편에서 아이가 다가오기라도 할 것처럼
오래되어 익숙한 동작을 계속한다.

여름날 어느 하루가
서녘 하늘 쪽으로 한 번 더 이운다.

꽃무늬 나일론 속치마

네 살 때
큰 집에 찾아온 보따리장수,
꽃밭을 하나 어깨에 떠매고 왔다.
대청마루에 둘러앉은 할머니와 고모들 사이,
보따리 매듭을 풀자
나비 날개처럼 일렁이며 하얗게 얼비치는 하늘이 나타났다.
남해안 동백꽃 붉은 입술들,
막 터진 석류알처럼 알알이 배긴 그런 하늘,
어디선가 나비 떼가 몰려오는 듯,
신비한 향기조차 일었다.

나무꾼이 숨겨둔 선녀의 날개옷,
걸치기만 하면 전설처럼 두둥실 날아오를 것 같은데
네 살짜리는 가질 수 없다기에,
문고리를 잡고 돌아서서 울었다.
무지개 말고도 고운 것이 또 있다는 것을 처음 알았던 날.
아름다운 것은 무지개처럼 잡을 수 없다는 것도 처음 배
운 날.

물방개

방과 후 교문 앞에 물방개 장수가 있었다.
뽑기 장수 옆에 앉아
둥그런 물통 가에
과자를 늘어놓고
물방개가 가닿으면 그 과자를 준다고 했다.
알고 보니 한 곳으로만 가는 물방개였다.
눈이 없는 물방개, 길들여진 물방개.

어쩌면 나도 그 물방개 같다.
언제나 갔던 곳에만 간다.
어제도
오늘도
또 내일도
멀리 데려다 놓아도
쏜살같이 내 집으로 되돌아간다.

사람들은 세상이
완전히 새로 시작되기를 바란다는데
나는 물방개,
한 곳만 본다.
신이 세상을 새로 열어도

나는 있던 곳으로 돌아갈 것 같다.
내 기억 속 소중한
단 한 곳으로.

한자 이름 없음

아버지는 내 이름에 한자를 붙이지 않았다.
나는 박진임,
한자로 된 이름이 없어
뜻 없는 이름이다.

이력서에 '한자 없음'이라고 쓴다.
그러면 사람들이 묻는다.
"한문으로 제 이름도 쓸 줄 모르나요?"
"아뇨, 논어를 외고 맹자를 읽습니다"
나는 대답한다.
사람들은 아버지가 무식하냐고 묻지는 않는다.
우리 집안이 양반은 아니었나 보다 하고 짐작하는 것 같기
는 하다.
아무도 아버지가 시인인 줄은 모른다.

'한자 이름 없음'은 이래저래 불편하다.

아버지는 흰 도화지 인생을 선물하셨다.
공자는 회사후소라 했다.
소쉬르에 따르면 한자 없는 이름은 텅 빈 시니피앙,
나는 타블라 라사Tabla Rasa

아무것도 쓰이지 않은 나무판.

내 인생은 오로지 내가 스스로 채워가야 하는 도화지,
무엇이든 그릴 수 있는 하얀 도화지,

한자 이름을 가진 내 친구 미경, 현숙, 지영, 희영…
아버지들은 딸들을 위해 오색빛깔 비단 천을 깃대에 꽂아
주셨다.
각각 곱고 빛나는 삶이 되라고.
신호가 울리면 모든 딸들이 깃대를 향해 달려갈 때,
나는 그냥 달렸다.
달리고 달리면서 깃대를 상상했다.
깃대 위에 휘날리는 깃발이 보였다.
내가 혼자 매단 나의 깃발이!

고양이 미씨Missy

어두운 구석에 들어앉아
꼼짝도 하지 않는다.
그러나 빛나서 환한 눈동자,
칠흑 같은 밤하늘을 지키는 샛별,

"미씨, 미씨"
미소 짓고 손을 흔들고 팔을 벌리면
조용히 일어나 살금살금 나아온다
결코 서두르는 법이 없다.
꼬리를 빳빳이 세우고
빈틈없는 자세로 사뿐사뿐.

나는 등을 쓸어주면서 부드러운 목소리로 속삭인다.
"예쁜이, 착한이"
따뜻한 입김을 느끼면 그제서야 가만히
배를 낮추고 다가와 곁에 앉는다.
우리는 비로소 안심한다. 폭풍우의 바다를 뚫고 와서 정박
한 배처럼.
나도 미씨 옆에 드러눕는다.
우리는
통영 강구안 해안선 따라 가지런히 머물며

어깨를 견준 채 쉬는 통통배 한 쌍.

내가 외출에서 돌아와도
달려와 야옹야옹 소리 내지 않는다.
물끄러미 바라보기만 한다.
"넌 누구야? 난 관심 없어" 하듯.
그래도 눈빛은 순하고
눈동자엔 작은 기쁨이 살짝 스쳐가는 것을
나는 알아챈다.

이웃집 고양이 마루코는 애교가 많아
한밤중에도 다가와 꼬리를 치켜든다.
등을 쓰다듬어 달라는 신호다.
마루코가 그렇게 요구하면
나는 응할 수밖에 없다.
피아노 반주가 시작되면
바이올린이 연주를 시작해야
협주곡이 이루어지는 것과 같은 이치다.

하지만 미씨는 그렇지 않다.
내게 요구하는 것이 없다.

내 손길을 그리워하는 것은 너무나 분명한데
결코 표현하지 않는다.
요구하여 받아내는 애정은 쉽게 사라지는 것임을 이미 알
고 있는 듯하다.

과거, 우리 집에 오기 전에 깊은 상처를 입었나 보다.
학대나 배신,
그 기억에서 좀체 벗어나지 못한 듯,
하지만 어떻게든 추슬러
새집에서 새 삶을 살아가려고 안간힘을 쓴다.
그러느라 기운이 빠져 있다.
어쩌다 한번 작은 소리로 '야옹'하고 운다.
기억의 한 페이지를 접는 연습을 하나 보다.
배고프지 않을 만큼만 먹고
온종일 생각에 잠겨 있다.

햇볕 따뜻하고 소음 하나 없는 창가에
보금자리를 틀고
졸다가 깨다가
한나절을 보낸다.
가끔 발바닥을 핥기도 한다.

깊은 상처를 핥듯 천천히.
'자기 연민'이라는 연고를 바르고 아픈 데를 어루만지듯.
우리 아이들은 그런 미씨가 엄마를 닮았다고 한다.
아이들은 미씨를 '진임 미씨'라고 부른다.

통영 도천동, 1970년

학교 갈 때 폴짝폴짝 밟아가던 골목길,
집에 올 때는 더 밝아져 커 보이던 그 길.
길모퉁이엔 냉동창고 하나,
그늘을 드리워 무섭기도 하던 곳.
적산 가옥이 있던 해저터널 앞,
우리 집 앞,
세 갈래 길 길목에는
유리문 달린 큰 집이 있었다.
다섯 살 위의 이웃 언니가
오십 권짜리 동화책 전집에서 한 권 빼내어 빌려주곤 했다.
그 집 식모살이하던 언니는
자기 방에 와서 같이 자자고 했다.

성냥갑 안 빼곡히 들어찬 성냥개비처럼
가난해서 꼭 붙어살았던 사람들.
도란도란,
둥지 속 비둘기 알 같던 동네 사람들.

피아노 연주회에서

피아노에서 쏟아져 나온 음계들이 굴러간다.
당구대 위의 하얀 공들.
한 음
신호처럼 튕겨주면
공은 다른 공을 향해 달려가 부딪치고
그 공은 그다음 공에 또 부딪치고
부딪고 부딪치며
까르르 웃는 음계들.
초록빛 세상 속에 마구 굴러다니는 어리고 하얀 공들.
또 한 알의 음계가 굴러 나온다.
까르르 웃음 터뜨리며 신나게 달려간다.
검고 흰 건반 위,
연주자의 열 손가락이 살짝 스치기만 하면
견디다 견디다 못해
터져버리는 뻥튀기 과자 기계속
옥수수 알처럼
피아노 뚜껑에서 터져 나오는 저 경쾌한 공들,
음계들.

용서에 대하여

종이는 불 가까이 두지 말 것.

종이를 다 태우고도 불은 사과할 줄 모른다.
타버린 것은 가까이 다가온 자의 잘못,
그의 책임.
반은 까맣게 타버리고 반만 남은 종이에게
불이 손 내밀어 악수를 청한다.
"탔네. 나는 벌써 잊었는데 너는 왜 못 잊니?"
불은 빨리 타고 빨리 태우고 용서도 잘한다.
가해자인 불이 잊었다고 말한다.
잊을 것이 없을 텐데 무엇을 잊었을까?
가까이 있는 것은 모두 태우는 불인데.

화해는 용서 뒤에 오고
용서는 상처받은 자가 하는 것.

평화는 피해자의 것.
잊을 수만 있다면 피해자는 평화롭다.
상처 준 것 없으니 뉘우칠 것도 없다.

그러니 그대가 기댈 데 없는
한 장의 종이라면
오직 불에서 멀리 떨어질 일이다.

사이공 함락의 날
— 오션 부응의 시 「불타는 도시의 오바드」를 읽고

마침내, 베트남 대통령 궁에 탱크가 진입한 것은
미군 철수 48시간 뒤였다.

"켄터키 옛집에 햇빛 비추고---
어린 날 검둥이 시절…"
라디오에서 미국 노래가 흘러나왔다.
"꿈속에 보는 화이트 크리스마스."

그 노래가 탈출의 암호임을 아는 사람들은 대사관으로 몰
려갔다.

헨리 키신저는 19대의 헬리콥터를 대기시켰다.
미국인 0000명, 미국에 부역한 베트남인 000명.
펜타곤이 준비한 명단은 정확했다.
19대의 헬리콥터는 그들만을 위한 것이었다.

암호는 암호의 기능을 잘 실현하였다.
'켄터키 옛집'
'화이트 크리스마스'
탈출의 시각을 알리는 신호였다.
"돌아오렴"

“돌아오렴”
그날, 보이스 오브 아메리카voice of America는 외치고 있었다.
그것은 미국의 소리였다.
돌아와 켄터키 옛집에 가자꾸나.
돌아와 화이트 크리스마스를 함께 누리자꾸나.

“켄터키 옛집에 햇빛 비추고---”
암호를 아는 자들이 달리기 시작했다.
그러나 켄터키에, 미국 땅에 집이 없었던 그들.
“꿈속에 보는 화이트 크리스마스”
꿈속에서도 화이트 크리스마스를 본 적 없었던
아열대의 베트남 사람들.
그들에겐, 노래는 그냥 노래였다.
달려가야 한다는 것을 몰랐다.
어디로 달려야 할지는 더욱 몰랐다.

켄터키와 크리스마스,
베트남전이 끝나고 있었다.
십오 년, 격렬했던 연애의 밤은 그렇게 끝났다.
서로 엉겨붙어 피 흘리던 기나긴 밤이 끝났다.
오, 오바드Aubade!

라디오에서 흘러나온 그 노래들은 오바드,
연인들의 아침 작별 인사의 노래였다.

미 대사관 지붕 위에서
마지막 헬리콥터가 떴다.
켄터키를, 화이트 크리스마스를 몰랐던 더운 지방 사람들이
날아오르는 헬리콥터에 매달렸다.

라디오에서는 마지막 곡이 울려퍼지고 있었다.
후렴처럼,
탄식처럼,
또는 원망처럼.
울음 섞인 메아리처럼.

"켄터기 옛집에"
"꿈속에 보는."

남산의 녹음

선명하게 붉은 피를 선혈이라 부르니
저 짙은 숲의 푸름은 선록鮮綠이라 부르자.

한여름
여기저기 부딪쳐 생긴
영혼의 상처를 핥으며
선록이
목 놓아 울음 운다.
매미도 함께 운다.
"하루 실컷 울고
껍질째 말라서 드러누워 버릴 테야"
하늘에 대고 외치는 소리 힘차고도 맹렬하다.

선혈도 선록도
모두 망나니가 휘두르는 칼날!
그 칼춤 속에서
이리저리 피해 가며 빈 곳을 찾는다.
너무나도 붉거나 푸른 세상에선
살아야겠다는 다짐 오히려 강해진다.

나의 시

사람들은
여러 우물에서 시를 길어 올리나 보다.
분노, 슬픔, 기쁨…

나는 내 두레박을 두 샘에만 내린다.
기쁨, 그리고 슬픔
내 땅에는 분노의 샘이 없다.
분노를 추방한 자리에 침묵의 우물을 팠다.

화날 만하면 한마디만 한다.
"나는 싫어요."
혹은 빤히 쳐다보기만 한다.
기쁨은 오래 기억하려고 시를 쓴다.
기쁨은 짧고 곱고 여리다.
햇빛에 영롱한 비눗방울 같다.
금세 훅 하고 날아가버릴까 봐 얼른 시를 쓴다.

슬픔도 쓴다.
쓰는 일은 슬픔의 무게를 줄이고
쓰고 또 쓰다 보면 슬픔이 달게 느껴진다.
쑥이나

칡을
오래 씹으면 그 끝에 단맛 나듯이.

오후 네 시

오후 네 시는
하던 일을 덮고
동네 숲을 찾아가는 시간.
기쁘게 숨 쉬는 나무들을 만나러 간다.
나무는 지친 공기를 거르고
맑혀 보내준다.
들숨과 날숨을 나누면서
나는 매일 나무와 조금씩 친해지고 있다.

타르코프스키는 말했었지.
새는 착한 이의 머리에 앉는다고.
내게 다가오는 새는 없다.
단지 멀리서 노래를 보내온다.
밝아서 눈부셔라, 저 새소리!
또르르 굴러와 쟁그라니 부딪는,
두 알의 맑은 구슬,
소리
그 순간의
옥향玉響*.

숲에서 무심을 배워
앞만 보고 발걸음을 옮긴다.
한 발 또 한 발,
어두워져 가는 시간을 걷는다.
오늘 나와 함께했던 하루와 작별하는 나만의 의례.

나를 보살펴 줄 이는 세상에 없다.
내가 지친 나를 돌보는 저녁,
나무와 새는 고마운 이웃.

*옥향玉響: 두 구슬이 마주치는 순간의 조용한 울림과 조화.

저녁 숲길

남산 숲길,
어두워지는 쪽으로 걷고 또 걷는다.
앞서 걷던 사람이 어둠 속으로 걸어 들어간다.
저 어둠이
적멸인가.
그는 사라지고 나는 그 뒤를 무심히 따라간다.
이제는 혼자 걷는 길,
불안해진 내 그림자가 감시하듯
나를 뒤따른다.

한번 어둠에 들면
여기 머물지 못하게 될까?
그래도
어둠 쪽으로 더욱 힘차게 걸어가면서
내가 사랑한 순간들을 하나씩 불러본다.

쌀이 고슬고슬하게 익으며 김을 뿜는 시간,
땀 흠뻑 흘리고 찬물에 몸 씻은 뒤
마주하는 정갈하고 소박한 밥상.
아침에 눈뜰 때
아이처럼 까르르 웃음 터뜨리는 햇살…

팔월의 복숭아를 베어 물 때
뚝뚝 떨어지는 끈적한 즙.
바짝 말라 있던 백년초 뿌리에서
어느 날 연둣빛 싹이 튼 것을 보던 날.
여덟 살 때의 첫 친구를 사십 년 뒤에 다시 만난 일.
아직 볼이 빨간 갓 난 아들이
젖꼭지를 꼭 물고 놓지 않으려 할 때
콧등에 송골송골 땀방울 맺혔을 때.

가을 사과

오늘
가을 하늘은
이리도 맑고 높다.

지난 한 철
몹시 지쳤던 모양이다.

한 줄 바람이 구름 떼를 서쪽으로 몰고 간 뒤,
만국기 휘날리던 운동장
청군, 백군 모두 함성을 거두어 집으로 돌아가고
우렁찬 응원가도 사라진 자리,
펑펑 터지던 축포도 그치고
텅
빈
세상,
저 가을 하늘.
또 그처럼 호젓한 마음.
이 아침.
저 푸르고 드높은 하늘 아래 이 세상에는
붉은 사과 한 알만 남아라!

가을바람 선선한 이 아침 따라
즙 많은 사과가 달기도 하다.

2부

비 오는 날의 강아지풀

강아지풀이
고개 숙인 채 저희끼리 젖고 있다.
각각 멀리 다른 방향을 바라본다.
그러다가 다시 고개 숙이고
자기 몫의 삶을 받아들이는 양.

지난 여름엔 마른 흙먼지 다 뒤집어쓰더니
오늘은 서늘한 빗방울 매단 채
다시 조용하다.
가볍게 잘 마른 풀이 촉촉이 젖기도 쉽다는 듯이.

지난 계절엔 고통도 탄식도,
때로는 겨운 기쁨조차도
속속들이 겪고 느끼고 살았노라고.
이제, 새로이 아플 일은 없으리라고.
결코 울부짖는 일 없을 거라고
고개 숙인 강아지풀이 빗속에서 낮게 속삭인다.

길 가다
멈추어 서서
나 혼자 훔쳐보는 강아지풀 일기장.

남새밭의 라벤더 1

식물이 향을 지닐 때
그것을 꽃이라 부른다.

한 평 남새밭에 라벤더를 심었더니
꽃 피자 향기가 멀리도 퍼져 간다.
상치, 열무, 감자는
한 가지 색, 초록으로만 잎을 낸 채,
버티고 서서
향기 내는 라벤더를
못마땅해하는 모양.
채소들 틈에 홀로 선 보랏빛 라벤더,
살금살금 향을 터뜨린다.
한 줄기 바람이 불자
남새밭이 온통 라벤더 향 꽃밭이다.

남새밭의 라벤더 2

라벤더 꽃 피자
소나기 쏟아졌다.

비 그친 뒤 푸른 남새 잎이 물방울 머금고 빛날 때,
확
세상이 변했다.
일순 맑고 깨끗해진 하늘과 공기,
라벤더 향기 가득한 새 세상이 열렸다.

환희의 하얀 길

— 빨간 머리 앤

쏟아지는 꽃 더미, 그 아래 서보자.
꽃 사태 난 꽃 벼랑 그 그늘에 서보자.*

유월의 장마비
폭우로 내리는 곳,
아카시아 꽃잎들 바람에 쓸려가며
초여름 눈보라 이룬 그 회오리 한가운데,
손잡고 달려가서 곧게 함께 서보자.

어디로든 가보자.
꽃 피는 날 아침이면.

삶의 가장 눈부신 한때를 거기 가서 누려보자.

*꽃벼랑: 김일연 시 「꽃벼랑」에서.

반 고흐의 편지

고흐는 밤하늘의 별을 그렸다.
별을 그리면서 편지를 썼다.
"우리가 죽으면 저 별까지 걸어서 가는 거야."
여름 저녁,
한강 가에서,
고흐의 밤하늘을 우러러보며
편지를 읽는다.

이 별인가,
저 별인가,
화폭에 옮겨두었던 자신의 별을 찾아
하늘 끝까지 터벅터벅 걷고 있는
고흐의 뒷모습이 보인다.

초록을 보러 오렴

우리 집에 무성한 초록을 보러 오렴.
고구마 한 알에서 순들이 돋아
물을 쪽쪽 빨아들이며
쑤욱- 쑥 고개 쳐드는 것을 보렴.

고구마 붉은 몸 어딘가에서
스멀스멀 뿌리들이 기어 나와
무명 실꾸리를 이루고
잎사귀들은 삽시간에 성을 쌓아
마침내 완성된 신생의 왕국,
그 푸름을 바라보렴.

맑은 물 한 그릇만으로도
한 생명이 저렇게 태어날 수 있다니…
완강한 힘으로 만장같이 나부끼며
내 방을 환히 밝힐 수 있다니.

삶에 지친 우리,
고구마 한 알이 이룬 생명의 기운,
그 숨결,
싱그러운

맑은 소식을 찾아가자.
싱싱한 생기가 파도로 넘실댈 때
하루 종일 먹 감고 놀아보자.

여름 저녁, 수영장을 나서면서

키 큰 후박나무 가지에
손바닥만 한 후박꽃 하얗게 듬뿍 핀
여름날이면
저녁의 향기
더욱 은밀해진다.
난폭한 독재자 같은 여름 해도 마지 못해 기세를
낮춘다. 이울 채비를 한다.

문밖을 나서자
사방에 가득한 이내.
도심의 네온 사인들 저녁 맞이 서두르고
선득 부는 저녁 바람에
시간조차 멀리 날리어간다.
이제 한 시간 후면 드디어 밤이다.

하루치의 노동과
하루치의 피로,
딱 하루를 견디게 해 준
한잔의 커피 기운도
모두 벗어 던지면
자신과의 약속도 아득히 멀어진다.

이제 오늘과 헤어질 시간이 얼마 남지 않았다.

날아갈 듯하던 개운함 뒤에
잠시 스치듯 다가오는 울적한 기분,
그 서글픔만큼은 그냥 간직하기로 하자.
서서히 나이 들어가는 여자에게 필요한 것 같아서.
서글픔을 받아들이는 일,
삶의 일부로 만드는 일,
나를 곱게 나이 들게 해줄 것 같아서.

친애하는 일기장에게

가을 일요일 아침,
어쩐지 어색하다.

갑자기 하늘이
맑고
높고
조용하다.
아무 꿈도 꾸지 않고 일어난 아침,
저 환하고 다정한 창가의 햇살.
차지도 덥지도 않게 알맞은 공기,
어디선가 살짝 측백나무 향기조차 묻어오는 그런 날.
너무 아름다워서 내 것 같지 않았던 새 구두 같은 날.
파도 출렁이는 바다를 보러 갔는데
파도가 없어 호수 같던 어느 날의 제주 바다,
같은 그런 아침.

아무 일 없는 날.
아무 일도 없을 날.

이를 평화라 부른다면
내겐 평화가 낯설다.

너무 시달리며 살았나 보다.

고요한
가을, 일요일, 아침.

멀리서 세상 떠나신 아버지 목소리가 들린다.

"오늘 하루는 푹 쉬어. 내가 다 해 줄게."

도둑 든 날

도둑이
가져간 건
값나가는 물건 하나인데
내 심장 한구석에 그만 구멍이 생겼다.
도둑이 다녀간 흔적.

바스락거리는 소리에도
깜짝깜짝 놀란다.
전화벨이 울리면
가슴이 철렁한다.
자다 깨기도 하고
입맛이 없어진다.
몸이 조금씩 쇠약해진다.

도둑은
죽음으로 가는
지름길을 남겨놓고 갔나 보다.

위조지폐

돈을 세는 은행원은 위폐 분별법을 배우지 않는다지.
진폐만 늘 만지다 보면
위폐는 손가락 끝에서 걸러진다지.

받고 보니 위폐였다.
처음엔 위폐를 건넨 자를 미워했다.

그러나 정작 미워할 자는 그가 아니었다.
위폐를 진폐로 알고 받았다는 건
진폐를 잘 몰랐다는 말,
위폐, 진폐 섞인 곳에서 오래도록 함께 뒹굴었다는 뜻.
진폐 벗이 적었다는 것.

아니,
위폐를 좋아라 하며 덥석 받았다니
나야말로 한 장의 명백한 위폐였구나.

바둑알 하나

갑과 을이 뒤바뀌는 건 순간이다.
바둑알 한 알에 승부가 바뀌듯.

고용주가 고용인을 한 명 더 뽑아두면
고용주가 갑이다.
그들 중 한 명은 잉여라는 것을
고용인들이 먼저 알아차린다.
잉여가 아닌 필수가 되기 위해 각자 고군분투한다.

한 명 덜 뽑으면
고용주는 을이다.
한 명이 그만두면
쩔쩔맬 수밖에 없는 것은 고용주라는 걸
고용인들이 또 바로 안다.

파도가 밀려가고 밀려오는 일,
밀물과 썰물, 조수간만이 있는 건
우주의 인력 때문.
사람 사는 세상에서는
사소한 것 하나가 인력이다.
작은 것 하나에서 모든 변화가 온다.

내가 매달리면 그는 자유롭고
내가 자유로우면 그가 매달린다.
세상을 정복한 나폴레옹도 조세핀을 두고 애를 태웠다.
매달려서 패했다.
매달리는 자, 애태우는 자,
그들은 패자이다.

관계에서 풀려난 나는 자유다.
나는 이제 내 자유만 지키면 된다.
나의 자유는 나의 군대,
안으로 나를 홀로 통치하고
밖의 공격에서 나를 지켜준다.

아들의 스물 일곱 살 생일에

손뼉을 쳐주면
벙실벙실 웃었지.
등에 업고 몇 걸음 떼면
그만 고개 떨군 채 잠이 들고.
"착하지" 하고 머리 쓰다듬으면
쓴 물약도 꿀꺽 잘도 삼켰지.
이가 처음 나려 할 땐
등에 업혀 어미 어깨를 깨물어대었고.
어미는 아파도 히죽히죽 웃었어.

지금은 멀리 가 있어도
아들아,
너는 엄마의 풍선.
하늘로 쑤욱 날아오르는 열기구.
푸른 하늘 가르며 둥실 떠오르면
나는 그만 눈이 부셔라.

너는 또,
접었다 펼치면 노래하는 아코디언.
음악은 어디 숨어 있었던지
차례차례 음계들이 뒹굴며 몰려나온다.

겹치고 부딪치며 그래도 함께 얼려 즐거운 선율.

저 환한 소리와 빛의 궁전을 보아라!
너로 인하여
나는 미소 속에 잠든 숲속의 공주.
네가 지어준 추억의 성 한 채,
그 영롱한 천년 꿈의 궁전에 오늘도 나를 가둔다.

소음을 견디는 법

아침 출근길 버스의 안내 방송,
"소란 행위를 할 때에는 벌금 또는 유기징역 등 강력 처벌
될 수 있으니 적극 지양하여 주시기 바랍니다."

베인 상처를 솜으로 꼬옥 누르듯,
눈을 감고
가만히 홀로 외는 단어들.
연고처럼 상처에 녹아드는 나만의 낱말들.

단미,
그린비,
이슬비,
색시비,
말가니
바알가니,
보드레한
파르라니.
……

죽음 후에 보이는 것들

사흘 동안
들이닥치는 손님들을 맞고
절하며 감사 인사하고
더러
손님들 앞에서 뜨거운 육개장 국물로 밥 한술 말아먹고
잠 못 자
푸석한 얼굴로
산소에서 한 번 더 목놓아 울고.

저물 무렵
집으로 돌아오자
그동안 누워계시던 방,
빈 운동장만큼 휑해진 방.
한구석,
옷걸이 위의
외투 하나.
용돈 아껴서 사드렸는데……
가격표도 그대로 달고 멀거니 나를 보는
주인 잃은 외투.
걸
려
있
다.

영정 사진 찍던 날

영정 사진은 미리 찍어두는 거라고,
사진사 친구가
그냥 찍어주겠다니
이왕이면 둘이 같이 찍자고
아버지가 말씀하셨다.

제일 좋은 양복에
고운 한복 어머니 동부인하여
나란히
나들이 가듯 길 떠나셨다.
신혼으로 돌아가듯,
데이트 나가듯,
즐겁게 다녀오셨다.

그리고 이 년 뒤,
아버지가 쓰러지셨다.
사진의 쓸모가 찾아왔다.
액자까지 맞춰두었던 사진.
미리 찍어두길 잘했다.

그런가?
죽음의 사자한테 서둘러 보낸 전보가 되었을까?
사진까지 다 찍었다,
준비 다 되었다고
빨리 와달라는 재촉장이 되었던가?
미리 찍어둔 아버지의 영정 사진.

딸의 가슴에 남은 아버지의 영정 사진
— 통영 강구안

1960년대 통영 강구안이
유현목 감독 흑백 영화 김약국의 딸들에 있다.
내 기억을 확정해주는 풍경.

바다 쪽으로 조금 몸을 내민 한 조각 땅.
솔숲이 깃든 땅.
알맞은 크기의 아담한 배들이 들고 또 나고.
더러는 머물며 봄 햇볕 아래
하루 종일 조는 곳.

동그란 해안선 따라
들어앉은 작은 포구
뒷걸음질하던 통통배가
등대 앞에서 몸을 틀면
열린 바다는 너른 품 안으로
그를 덥석 안아 들이고.

그 풍경 속, 다방이 하나 있다.
나와 아버지가 커피와 우유를 마셨던 곳.
오십 년 전 어느 따뜻한 봄날.

해안선 따라 늘어선 가게들
한편, 이 층짜리 건물의 다방,
신사복 입은 젊은 아버지 따라 목계단을 올랐다.

맥스웰 커피가 숨결처럼 김을 피워올리고
나는 따뜻한 우유에 설탕을 넣고.
유리컵의 우유를 젓는 은스푼은 가늘고 긴 목,
쟁반에 음료를 날라 온
한복 차림 마담의 흰 목덜미 같은.
우리가 마주 앉은 유리창 너머론
통영 포구 바다 윤슬이 너무 밝은 햇살에 종일 몸을 떨었다.

적산 가옥 이층 목재 집,
밝은 유리창,
창 너머엔 윤슬,
한 잔 커피,
그리고 따뜻한 우유,
작은 탁자를 두고
서로 마주 보며
각자 생각에 잠겨 조용했던 아버지와 딸.
구도는 그렇게 완성되었다.

그날 찰칵 찍혔다.
사십 년 뒤
사별하게 될 아버지의 영정 사진.
내 가슴에 영원히 남을 한 장면.

3부

오후의 산책

해 질 무렵, 하늘 저편 저녁 해가 머뭇거리며
쉬이 사라지지 않고 나를 재촉한다.
지친 하늘 한 조각, 둘러싸는 비단 이불.

이제는 휴식이 필요한 시간.
평온이 찾아올 시간.
그 뒤를 이어올,
깨지 않는 잠을 위하여
산책을 나선다.
소낙비 내리자 고개 드는 풀잎처럼
비로소 기운 되찾는 시간.

주인 따라 산책 나선
강아지 한 마리
좋아라 꼬리 치며 앞서 달려 나간다.
저물녘에는
그날 묶여 있던 모든 것이 풀려난다.

물의 기억
― 비 오는 날

아이들은
물 고인 웅덩이만 골라 딛는다.
첨벙첨벙
물속을 건너다니고
높이 뛰어올라 보기도 한다.
그러면 온몸이 물에 젖어서
아이들은 물과 한 덩어리가 된다.

그 아이들 틈에
다섯 살 때의 내가 보인다.
기쁨이 어디에서 오는지 알지도 못하면서
기뻐서 까르르 웃어대는 아이.

이제 사진 찍을 때 웃음 지으면
그만 우는 얼굴이 되고 마는데,
비 오는 날, 물속에 보이는 그 얼굴,
잃어버린 그 웃음.

물비린내

집을 나서자
계단에 물비린내.

한때는 그리움이라 불렀던
끈끈함, 축축함,
남아 있는 나날,
가볍고도 앙상하게
겨울의 자작나무
흰 뼈대처럼 살자 하는데
문득
훅
끼쳐 오는
저
물비린내.

모두 숨겨둔 그리움을 일제히 꺼내 드나,
거리마다 넘치는, 색색 가지 우산들.

아침, 한강 가를 걸으며

이 아침,
한강은 고요하게
착하고 순한 사람들을 맞이할 준비를 마쳤다.

간밤엔
세상을 원망하는 목소리들,
실망한 사람들의 눈물,
부당하게 대접받은 이의 분노도
다 받아 주면서
서녘 하늘 지는 해,
명주 솜이불 끌어와 덮어주더니.

잘 자고 일어난 건강한 사람들이
일어나 새로 걷기 시작한다.
새로 열린 하루 치의 세상에서
하루를 다시 시작하는 기쁨.
밤새 순해져서
복수가 무엇인지 모르는 사람이 되어
하나둘 걷기 시작한다.
저물녘엔 다시 승냥이로 변할지라도
이 아침

피레네산맥을 넘는
어린 양 떼처럼
푸른 하늘 아래 목초지를 찾아간다.

말 없음에 대하여

쉽게 "네" 답하지 말자,
알지도 못하면서 동의하고
모르는 사람을 따라가고
알고 보면 적인데도 내 편인 줄로 안다.

"아니요"
바로 답하지 말자.
그도 변하고
나도 바뀌면
내가 그어버린 선 위로
높은 벽이 솟아나 넘을 수 없게 되니.

말없이 그대로 머물러 보자.
시간의 물결에
종이배처럼 나를 띄워보자.
어느 기슭에 가 닿을지 가만가만 따라가 보자.
바람에
휙
뒤집혀 버리면
그때는 운명이었다고 여기자.

아침 인사

어제는 유난히 힘들었는데
푹 자고 일찍 눈뜬 아침.
마치 아무 일도 없었던 것 같다.
장미 가지 가시처럼
단단히 옹이 박혀 날카롭던 무언가가
자고 일어나니 사라져 버렸다.
곪은 데가 낫자 더는 욱신거리지 않는 손가락처럼
말끔하다.

따스한 햇살과
싱싱한 공기만 가득한
이런 날, 이런 아침
내가 하는 일은 아주 작은 것,
다가오는 이, 누구든지 간에
웃으며 먼저 인사 건네는 일.
"안녕하세요?"

여성의 일과

"여성에겐 조국이 없다"
버지니아 울프.
"내 족속에게 복수하듯 글을 쓰리라"
아니 에르노.

여성에겐 모교가 없다.
이끌어주는 선배가 없고
밀어주는 후배도 없다.
몰려다니며 형제처럼 술 마시고
허물도 슬쩍 덮어줄
내 편도 없다.

여성 신이 없다.
예수도 부처도 알라도 모두 남성.
그래서 기도할 때 누구나 아버지만 찾는다.
어머니가 누군지도 모르고 자라나는 사람들, 편부슬하
세상.

타르코프스키의 영화를 본다.
꽃밭이 사라진 세상,
꿈을 잃은 사람들.

주인공은 처녀를 찾아간다. 손을 씻고
준비된 흰 무명천에 닦고
무릎 꿇고 안긴다.
그에겐 준비된 위로가 있다.
그 시간, 홀로 남겨진 아내는 진정제를 맞고 쓰러져 잠든다.
재생의 물도, 정갈한 수건도, 어린 이성도 없다.
오로지 약물의 위로만 남았다.

아인슈타인과 밀레바,
셰익스피어와 여동생,
조지 오웰과 아내,
양주동과 강경애…

의지처도 없고
편도 없는 세상에서
그래도 씩씩하게 살아가야 하는데.

우리에겐 언제나 새로 시작하는 아침이 있다.
더 오래 살아서 더 많은 아침을 맞자.
해는 모두에게 평등하게 떠오르고
그 해를 향해 걸어가며

매일 새롭게 다짐하는 슬기가 있나니
겉으론 나날이 더 단단하게 여물며
안으로는 조금씩 넓어지는 가슴이 되자.

단풍 드는 일

여름이 끝나자
사랑이 식었나?

물관부가 더는 물을 빨아올리지 않고
그래서
목마른 나뭇잎이 애가 타나 보다.

짝사랑에 절망한 그녀가
타오르는 불길 속에 몸을 던지나?
외로움에 지친 나뭇잎들
부끄러운 줄도 모르고
몰려나와
붉은 알몸으로 시위 중이다.

흐린 날

흐린 날엔 통영 강구안 바다가 생각난다.
바다 쪽으로 고개 내민 한 뼘의 땅.
솔숲이라 솔 향기 바람결에 실려 올 때,
자그마한 통통배가 들고 나고 하다가
더러는 햇볕 받아 나른히 조는 곳,

돌아갈까
생각해도
언제나 이 자리에 머문 채 돌아가지 못한다.
그리움은 먼 곳에만 있는 것이라더니.

어디선가 한 줄기 찬바람이 불어온다.
그 바람에 솔 향기 선명해진다.
세상이 싸늘해서
기억의 향기 더욱 진하다.

빨간 구두의 기억

나는 1960년대생.
전쟁이 끝나고 십 년 뒤에 태어났다.
단칸방 시절,
사 남매의 맏딸로 태어났다는 건
가난을 속속들이 겪었다는 뜻.

산따루, 산따루…
엄마 치맛자락을 한 손에 붙들고
종종걸음으로 뒤따라가며
노점에 진열된
빨간 샌들을 사달라고 졸랐다.
햇살에 반짝이던 비닐 샌들.
유리 장식.
내 두 볼에 흘러내린 눈물도 반짝였다.
여린 손목을 잡아당기던 엄마의 매몰찬 손.

일요일에 빨간 구두를 신어
평생 춤을 멈출 수가 없었던 카르멘인 양,
욕망과 금기의 기호가 된
빨간 구두.
빨간 구두를 탐했다.

가질 수 없었다.
욕망은 이룰 수 없는 것임을 배운 나는
그날 구두 대신 슬픔을 선물로 받았다.
가질 수 없는 것을 향한 욕망이 슬픔이라는 것,
슬픈 것은 욕망 때문이라는 것을 빨리 깨쳤다.

어쩌면 삶은 결핍을 연료로
달리는 기차.
그날 이후 멀리 이어진 인생 선로 위에서
자주 순종했다.
더는 야단 맞지 않으려고.
많이 인내했다.
참고 기다려야 한다기에.
주어지지 않는 것을 탐하며
탐하면 탐할수록 더욱 속상하다는 것을 배웠을지도 몰라.
욕망을 덜어내면 상처도 없고 흉터는 더욱 없지.
실망할 일이 많아지면서 단단해졌을지도 모르지.

기어이 갖고야 말겠노라고 다짐한 적은 없지만
잊은 적 없는 빨간 샌들.

언젠가는 스스로 가질 수 있는 날이 온다고,
스스로 가질 수 있게 해보라고
일러주는 이는 없었다.

나는 1960년대생 여자아이였다.

썰물을 기다리며

신은 우리에게 밀물만 보내셨다.
오늘도 가보지 못한 낯선 곳을 향하여
파도에 떠밀려 가는 중이다.
멀리, 더 멀리
처음 있던 곳으로부터 점점 멀어져 간다.

인생에도 썰물 나는 날이 있다면
그 물에 배 한 척 띄우리.
스무 살 설레던 날에 보고 지나쳐 갔던
작은 섬에 기어코 가 닿으리.

서울 지도

누구에게나
화려함을 꿈꾸던 시절이 있지.
크고 화려한 도시를 그리던 마담 보바리처럼.
열아홉 살 내가 그랬지.
처음 서울에 와서
서울 지도 한 장 가방에 넣고
목적지도 없이 버스를 탄 채
종점부터 종점까지 가보곤 했지.

낯선 서울 골목을 헤매다녔지.
청계천 평화시장,
종로 세운상가,
이화여대 후문길.
서울 모든 골목이 낯선 신세계였던 시절,
마담 보바리의 파리,
나의 서울.

열아홉 살 내 인생의 청사진에
선명하게 기입된 서울의 동서남북.

남산에서 본 서울 풍경

남산 중턱에 서면
서울의 오십 년이 한눈에 보인다.
보광동 옆 한남동,
달동네 집들과
성곽을 두른 저택,
매복한 병정들 모자들처럼 다닥다닥 붙어 선 지붕들 옆으로
호위무사처럼 무표정한
시멘트 높은 담장.
해방 뒤 고루 퍼진 가난과
그 사이로 드문드문 생겨난 풍요가
나란히 섰다.
오십 년 전의 흑백사진 위에
겹쳐진 총천연색 사진,
남산의 서울 풍경.

우문현답

“아버지는 무슨 일을 하시나요?”
면접관이 물었다.
면접관은 모두 남자, 나이 든 사람들.

“시아버지는 사업을 하시고
친정아버지는 학교 교장 선생님이십니다.”

묻는 이에겐 아버지가 단수형이겠지.
답하는 나에겐 복수형인데.

그 면접은 2001년도의 일이다.
한국에서 대우 기업이 대졸 여성 공채를 시작한 해는 1984년.
그러니까 대졸 여성이 직장을 갖기 시작한 지 십칠 년이
지난 때였다.

여름, 해 질 녘

해가 지려 한다.
더위에 지친 사람들아, 모두 나오라.
우리끼리 잔 부딪치며
저녁놀을 바라보자.
스페인 순례길에 본 노인들처럼.

시에스타 뒤에 오는 오후 일도 끝난 저녁,
모두 몰려나와 타파스를 먹고 맥주를 마신다.
길거리 카페에서 펼치는 하루하루의 저녁 축제.
정갈한 셔츠,
꽃무늬 원피스,
하루 중 가장 좋은 시간을 맞는,
한 생애의 보답처럼 여유를 즐긴다.

일몰의 시간은 적당히 나이 든 사람들의 시간.
종일 달구어진 해가
일몰 직전 가장 뜨겁듯이
꽃은 지기 전에 가장 강렬한 향기를 풍기듯.

이제야 인생을 조금 알 듯한 사람들이여,
몰려나와, 즐겨보지 못했던

지나간 시간들을 되찾아보자.

우리 삶 또한 하루씩 이어가는 순례길,
오늘 하루 치를 다 걸었으니
이 저녁, 해 지기 전 축배를 들자.

지금 나는 내가 누구인지 안다

"그때 나는 아름다웠다.
하지만 지금 나는 내가 누구인지 안다."*

그땐 진정 아름다웠다.
윤기 나고 싱싱하고 힘찬 것은 모두 아름다우니.
그러나 나는 지금 내가 누구인지 안다.
내가 누구인지 안다는 것도 안다.

공자는 말했다.
아는 것을 안다고 하고 모르는 것을 모른다고 하는 것, 그
것이 앎이다.
그때는 모른다는 것도 몰랐지만
이제는 그때 몰랐다는 것도 알고
그때 알았던 것도 알고
이제야 알게 된 것도 안다.

지금 나는 내가 누구인지 안다.
나는 내가 아는 것을 안다고 한다.

*앤 섹스턴Anne Sexton의 시에서.

4부

성가대 합창

우리 노래는 어디 가서 닿는 걸까?
언 강물 다시 흐른다, 마른 나무 새순 낸다.
베인 뒤 덧나서 도드라진 흉터, 쓰다듬는 유액이어라.

성가대 지휘자 1

나비 날개에 봄 햇살도 숨어와서
장다리꽃 가만히 실눈 뜨고 내다 보네.
봄 바다 유채꽃밭에 샛노란 물결이 이네.

금실, 은실 자아내는 한 채 물레가 돌아
명주실 뽑아내자 고와서 눈부셔라!
얽히며 더욱 풍성해지는 소리의 실타래여!

성가대 지휘자 2

맺힌 데 없으면 모두 매끈하다고
고여 있는 샘물, 재촉하는 손짓 하나.
돌덩이 살짝 들어 올리면 이끼처럼 숨은 소리.

돌 틈도 길을 내며 풀어내는 물처럼
부딪치면 휘고 흐르다 되감기며
어울려 더 풍성해지는 소리들의 타래실

어둠이 내리기 시작하는 때를 아시나요?

누군가를 오래 기다려 본 사람은 안다.
어둠이 내리기 시작하는 그때를.
어둠 짙어지면 불 들어온 창이 하나둘씩 늘어나다
아주 캄캄해지면 그만 도시가 빛에 포위되고 마는 것을.

기다리고 또 기다리는 것밖에 할 수 없는 사람이
얼마나 자주 밖을 내다보게 되는지.
아주 어두워질까 봐 당황하는 마음을.
끝내 밤은 올 것이기에 혼자 남겨질까 봐
마음 졸이느라 굳어지는 얼굴을.

그러다 저 멀리 성큼성큼 걸어오는 모습이 보이면
그만 반가움에 가슴 철렁하는 것을.
기어이
울음이 터지고 마는 것을.

난민 철새

한반도에서 가을이 사라졌다.
오늘 아침 예보도 없이
겨울이 쳐들어왔다.
어쩌지 못한 철새들,
난민 되어 떠난다.
1·4 후퇴 때
수건으로 귀를 싸매고
부산행 기차 뚜껑에
올라앉았던 사람들처럼
다닥다닥 붙어서
까맣게 몰려간다.

은행잎을 보며

사흘
혼자 지내도
찾는 이 하나 없는,
이 가을.
한낮 햇살 속을 걷는다.

문득 고개 드니 샛노란 은행잎들,
며칠 새 와락 노랗게 물들어 모여있다.
축제 날 밤하늘의 환한 폭죽 터진 양,
바람결에 소란스럽다.

똑같은 색 옷으로 차려입고
빽빽이 붙어서 껴안고 있다.
결코 떨어져서는 안 된다고 다짐하듯.
알고 보면 그들도 나만큼 외롭겠지.
저토록 꼭 붙들고 있는 걸 보면
나보다 더 외로울지도 모르지.

혼자서 겨울을 나 본 적이 없나 보다.
언 땅에 삭풍 치는 시절도

혼자 견디노라면
어느 날 문득 아지랑이 피어오르는데,
그 이치를 아직 모르나 보다.

저녁 무렵의 한강

해 질 녘 강변은
막간의 시간이다.
1막이 끝나고 2막이 시작되는.

장면이 바뀔 때는 정리가 필요하다.
테이블보를 벗기고
새 천을 깔고
창문 열고 청소한 뒤
새 손님을 맞듯이.
하늘은 마침내 이 끝에서 저 끝으로
붉은 커튼을 드리운다.
조금씩 어두워지면
강 건너엔 불빛들이 하나둘 돋아나고
이윽고 캄캄해질 땐
빛의 궁전 한 채 둥실 돈다.

나도 옷을 갈아입고
2막을 준비하자.
1막은 하루 치의 노동,
2막은 그만큼의 휴식.

내겐 쓰는 일이 노동이고
남이 쓴 것을 읽는 일이 휴식.
1막과 2막이 똑같이 소중하다.
열심히 일한 날엔 휴식도 달콤하다.

해가 한없이 빛난 날,
저녁노을도 마냥 붉고
그 밤 또한 더욱 그윽하듯이.

철새 행렬

겨울 하늘이 벌써 너무 시려서
높이 날면 날개가 얼 것 같은지
하늘과 땅 사이로 난 좁은 길을 따라간다.
"알겠다, 알겠다"
강물도 가만히 눈 감은 채 끄덕이며 배웅한다.

1973년

내가 다니던 초등학교,
등굣길 양편에 고아들이 늘어서 있었다.
문방구점에서 덤으로 주는 건빵을 달라고
몰려와서 때 묻은 손을 내밀었다.
얼굴도 소매도
새까맣던 아이들,
빗물 질척거리는 길에서
우산도 없이 비를 맞으며
아무 때나 불쑥 손을 내밀었다.

부지런히 달려와 먼저 손을 내밀어야 한다고,
그것이 삶이라고 벌써 배운 아이들.

건빵을 다 바친 건 무서웠기 때문이다.
나보다 크고 험악해 보여서.
고아들은 배가 고팠고
나는 왠지 슬펐다.

지금도 생각난다.
흙탕물 등굣길,
건빵 한 줌,
몰려다니던 한 떼의 아이들.

다섯 살의 소나기

난데없이 먹구름이 몰려오자
비가 쏟아지고
마당에 놀던 아이들이 흩어졌다.
나도 따라 뒷방으로 들어갔다.

곧바로 햇볕 환하게 다시 나타나
어리둥절한 사이,
하늘 한구석에 떠오른
아롱다롱 무지개,
엄마의 새 브로치.

갓 목욕을 마친 나뭇잎들,
초록 물방울을 꼬옥 그러쥔 채,
햇빛 쪽으로 목을 늘였다.
울다 웃는 아이처럼 눈물 그렁한 눈.

순식간에 세상이 어둠 속에 사라졌다
거짓말처럼 다시 나타나는 것을 보며
하루에도 낮과 밤이 여러 번 찾아온다고
여겼던 이상한 날.

소나기라는 말을 배우기도 전에 소나기를 먼저 경험한 날,
다섯 살의 소나기.

번역 동화를 읽던 아이

번역 동화를 읽던
이상한 나라의 앨리스.

마닐라 아주머니,
그냥 마닐라라고 부르렴.
e가 붙는 앤이라고 불러주세요.
환희의 하얀 길,

구운 사과…
사과를 왜 구워 먹지?
미국 동화 속의 방금 씨, 두고 씨, 나중 씨…
미스터 나우Mr. Now, 미스터 레이터Mr. Later 였을까?
또, 펄 벅의 대지에서는
"당신 이름의 룽 자는 용 룽 자요, 귀머거리 룽 자요?"

넘기는 페이지마다 알 수 없는 것들이 가득해서
읽고 또 읽었지만 여전히 궁금해서
호기심이 무성히 자라 숲을 이루었다.
머나먼 나라의 신기한 사연들.
각주도 설명도 없는 이야기책을 읽으며

모든 것이 낯설고 이상하고 신기했던 나라,
나는 그 나라의 앨리스였다.

실명에 대하여

"꽃이 피었나요?"
"바람이 부나요?"
서편제 영화 속 여주인공 대사처럼
언젠가는 눈을 잃는 날이 올 것이다.
"서리가 내렸나요?"
나도 묻게 될 것이다.

그날엔
꽃은 색깔을 잃고 향기로만 남고
붉은 장미, 흰 장미 한가지로 필 터이다.
호랑나비, 흰나비도 구별 없이 날거나
아예 나 몰래 그들끼리 날겠다.
그런 날엔
낮도 어둡고 밤도 어두워
낮에 자고 밤에 홀로 깨어 세상의 번을 서겠다.
문을 열 땐
눈을 잃자 예민해진 손끝으로
문틀을 오래 만져볼 것이고
지팡이로 두드린 뒤
발걸음을 떼겠다.

사랑하는 이의 눈, 코, 입을 더듬더듬 손으로 만져본 다음
조심스레 입맞춤하겠다.

그러나 아직은 그날이 멀다.
하늘은 쨍하니 푸르고
샛노란 은행잎이 곱기만 하다.
그러니 오늘은 종일토록
사랑하는 이의 눈을 하염없이 들여다보련다.

눈이 솔가지를 부러뜨리니

아침 뉴스에
간밤 내린 눈에 백 년 백송白松이 부러졌단다.
부드러운 눈송이가 백 년의 강직함을 꺾었단다.

소리도 없이
살금살금 다가온
희고 가벼운 눈송이가
쌓이고 또 쌓이면
그만, 뚝, 솔가지가 부러진다니.

처음엔 오랜만에 느껴보는 산뜻함이었으리.
순결한 빛깔에 포근한 숨결.
그만 넋을 잃고 어깨를 내어 주었으리.
저항할 수 없는 유혹,
하늘이 선물한
축복이요 위로라 여겼으리.
백 년 만에 접해보는 순결함에 넋을 잃었으리.
인생도 그러하니
가볍고 부드러운 것들이
모여서 이루는 힘을 기억할 일이다.
가벼움 앞에 뚝 끊어진 인생이 생각난다.

힘들게 가꾸어 온 한 생애를
스스로 꺾는 사내들이 있었다.

강아지 천국이

강아지 한 마리를 데려왔다.
밤에 내가 잠자리에 들면
내 곁에 누워 같이 잠든다.
우리는 들숨 날숨 박자를 맞추어
나란히 쌕쌕 깊은 잠에 든다.
몸의 온기를 서로 나눈 채.

아침이면 일찍 일어나 산책을 간다.
집을 나서야 하루가 시작된다.
신이 나서 앞서 달려가는 천국이를 뒤따라가며
나도 새롭게 하루를 시작한다.

순한 눈으로
나를 올려다보면
봄 햇살이 언 땅을 녹이고
묻혀있던 아지랑이를 불러내듯
내 마음에는 안개 같은 것이 퍼진다.

따뜻하고 오래된 기억,
엄마 품에서 잠들던 어린 날 같은.
노란 장다리꽃 가득한 밭을 지나

솔밭으로 봄 소풍 가던 오월의 어느 날 같다.

내 강아지 이름은 천국이. 헤븐이Heaven.
천국이가 온 날부터
내 작은 집은 구름 위에 둥실 솟은 대궐.
발아래 구름을 조각배 삼아
나는 푸른 하늘을 노 저어 간다.

더 밝고
더 따뜻한 나라를 향해
나는 천국이를 태우고
매일 조금씩 움직여 간다.

날치의 꿈

튀어 올라 보아라.
날아올라 보아라.

물속에서 쫓기다
크게 한 번 솟구쳤다.
하늘 저편 갈매기가 급강하로 낚아챘다.
안에도 밖에도 적은 있다.
적은 어디에나 있다.
날개를 접어도,
다시 펼쳐도,
하늘에도,
바다에도.

이리저리 피하면서
쉴 새 없이 도망치다
허리가 팽팽해졌다
지느러미가 자라났다.
새처럼 활강하여
갈치는 끝내 날치가 되었다.
한 마리 물고기새가 되었다.

다음 생을 향하여,
한 번만 더
힘껏 튀어 올라라!
고달팠던 한 생애가
수평선에서 저문다.

나를 묻어다오 Enterrez moi

프랑스 영화에서
화가 모네가 말했다.
"나를 묻어다오."
사랑하는 이를 먼저 떠나보내고 싶지 않은 것,
그것이 사랑이라지.

아버지의 관을 내가 묻었다.
오래전.

다시는 내 손으로 관을 묻고 싶지 않다,
사랑하는 사람아.

'공연히' 시를 쓴다

나는 아주 어렸을 때부터 시와 가깝게 지냈다. 초등학교 2학년 때 처음 백일장에 나가서 상을 받았다. 그날 이후 학교에서는 글쓰기 대회가 있으면 언제나 나를 학교 대표로 내보냈고 나는 제목을 받으면 바로 시를 쓰는 일을 잘 해냈다. 제목과 관련된 주제를 떠올려서 내 생각을 풀어내는 일이 어렵지 않았다. 행인지 불행인지 백일장 장원을 여러 번하게 되었다. 상장이 쌓여 가자 아버지는 큰 스크랩북을 사 와서 거기에 내 상장들을 다 붙여 보관하셨다. 초등학교를 졸업할 즈음에는 상장이 백 장이 넘었다. 그래서 새 스크랩북을 사야만 했다. 백일장 상을 많이 받은 것을 행이라고 보는 것은 그로 인해 선생님들과 친구들의 사랑을 듬뿍 받게 되었고 자신의 재능에 대해 어느 정도 자신감을 갖게 되었기 때문이다. 전교 조회 시간마다 교장 선생님 앞에 불려 나가 상장을 전달 받다 보니 그럴 수밖에 없었다. 불행일지도 모른다는 생각을 해 보는 것은 일찌감치 글 잘 쓰는 아이로 소문난 탓에 예전보다 못한 글을 쓰면 어쩌나 하는, 모종의 불안감을 갖게 되었기 때문이다. 게다가 시인이신 아버지가 갈고 닦아 완결된 작품만 발표를 하시는 분이었던 까닭에 내겐 그런 아버지가 무서운 비평가로 보였다. 중고등학교 시절, 낭만성 과잉의 시를 쓴 적이 있는데 아버지가 보시고 붉은 줄을 죽죽 그으셨다. 벚꽃이 너무 아름답게 보였고, 결혼식 날의 신부 면사포처럼 느껴져서 "벚꽃은 새색시 면사포 쓰고"라고 표현했다가 알맹이 없는 수사라고 지적 받았던 것이다. 그 구절을 아직도 기억하고 있으니… 대학생이 되면서는 세상에는 시 외에도 배워야 할 것, 해야 할 일들이 너무 많다는 것을 알게 되었고 눈앞에 닥쳐온 일들 앞에서 내가 맡은 바를 해내느라 쩔쩔 매면서 살아온 것 같다. 그러는 사이 시를 쓰는 일도 조금씩 드물어지게 되었다.

시를 직접 쓰지는 않았지만 그렇다고 해서 내가 시를 떠났던 적은 없었다. 마음을 설레게 하는 멋진 시를 발견하면 즐겨 읽었고 외기도 쉽게 했다. 한국에서 국문학을 공부하면서는 한국시는 물론이고, 한시도 공부하였고 마음에 드는 표현을 발견하면 적어두곤 하였다. 미국 유학 생활을 하면서 영시도 사랑하게 되어 영어로 된 시도 여러 편 외었다. 가끔은 영어로 시를 쓰기도 했다. 영어를 배우는 외국인 학생이 철

자도 가끔 틀려가면서 시를 써서 보여주니 기특해하신 교수님도 계셨다. 아침, 저녁 산책길에서 외로움을 잊게 해주는 것도 시를 외는 일이었다. 언젠가 스페인의 산티아고 순례길을 한 달 걸었는데 그 때에도 시를 외면서 걸었다. 아버지가 시인이셨던 까닭에 아버지는 집에서 언제나 시귀를 혼자 외곤 하셨다. 나이 들면서 다 또한 아버지를 닮아갔던 모양이다. 나도 아들딸 앞에서 그렇게 해왔다. 그래서 한 번은 당시 초등학교 4학년생이던 아들이 "엄마는 맨날 중얼중얼해"하고 핀잔을 주기도 했다. 밤에 아이들을 재울 때에도 자장가를 부르는 대신 시를 읊어주곤 했다.

시를 사랑하면서도 시인이나 문학 평론가로 활동할 생각은 해보지 못하고 있었는데 미국에서 박사학위를 받고 돌아와 보니 연구하고 싶은 주제가 너무나 많았기 때문이다. 전공이 비교문학이라서 한국 문학과 영미 문학을 함께 연구하니 더욱 그럴 수밖에 없었다. 그런데 한 번은 대학의 지도 교수였던 은사, 오세영 시인의 시에 대한 평론 한 편을 쓰게 되었다. 오세영 시인께서 보시고 평론가로 등단하여 문단 활동을 하면 좋겠다고 격려해주서서 그 길로 평론가로 등단했다. 시, 특히 시조가 지닌 간결한 이미지와 텍스트의 음악성에 매료되어 시조 평론을 많이 써서 발표했다.

평론을 쓰는 일은 참으로 즐겁고 보람된 일이었다. 평론을 쓰면서 시인들의 사랑을 듬뿍 받았다. 시인의 마음속에 직접 걸어 들어가 보기라도 한 듯 정확하게 그 마음을 읽어 주었다고 반가와하고 고마워하는 시인들이 많은 편이었다. 오히려 내가 그분들에게 감사해야 할 일이었다. 텍스트를 읽자마자 그 텍스트가 추동하는 에너지를 받아들이며 편하고도 자유로운 글쓰기를 가능하게 해주는 멋진 시를 써주셨으니… 그 분들의 시로 인해 내 삶이 더욱 윤택해졌으며 그러므로 평론을 써서 널리 그 작품들을 알리는 데에 기여하는 것은 한편 지극히 당연한 일이었다.

그런데 최근 들어 새로운 변화를 경험하게 되었다. 나의 삶에 대한 글을 쓰고 싶어진 것이다. 그동안 많은 분들의 희생과 사랑 덕분에 공부도 보통 사람들보다 많이 했고 좋은 문학 작품들에 대한 연구도 많이 했다. 세미나나 학술대회에서 구두 발표도 많이 하고 논문이나 평론의 형태로 지면에서도 발표했다. 그러나 막상 내 삶에 대해서는 침묵해왔는데 그것이 바람직한 것인지 의심해보게 되었다. 2015년부터는 일기를 중단없이 써서 이제 일기장이 열두 권을 넘는다. 그러나 일기는 나 자신만을 독자로 삼는 것이고 내 삶을 타인들에게 보여주는 것은 아니다. 더구나 아니 에르노 소설가의 말, "기록하지 않은 경험은 단지 경험된 것에 불과하고 기록할 때에만 그 경험이 확정된다"는 구절은 깊은 울림을 갖고 내게 다가왔다. 나도 내 경험을 기록하고 그처럼 확정된 경험을 독자들과 공유해야겠다는 생각이 들었다. 생각해보면 이 세상 그 누구의 삶도 기록될 가치가 없는 삶은 없다. 모든 이의 기쁨과 눈물과 고통과 사랑은 제 각각의 사연들을 지니고 있다. 모든 이야기가 다른 이들에게 깊은 감동을 줄 수도 있고 그들의 삶에 유익한 교훈이 되어 줄 수도 있다. 그러므로 모든 경험은 기록을 필요로 한다고 볼 수 있다.

　게다가 나 자신은 오랜 세월 문학을 공부해왔기에 나야말로 내 삶과 나의 시대에 대해 꽤나 정확하게 기억하고 표현할 준비가 된 사람일지도 모른다는 생각이 들었다. 내가 태어났던 1964년의 한국, 내가 대학 생활을 시작했던 1982년의 서울, 내가 처음 미국 시애틀에 발을 디뎠던 1988년의 세상, 한국으로 귀국했던 1998년의 서울과 울산… 돌이켜보니 그 시간들과 장소들은 매우 특별하게 여겨진다. 잊히지 말아야 할 소중한 경험들을 담고 있는 시공간이라는 생각이 들었다. 가난과 풍요, 발전과 후퇴, 소외와 포용 등 너무나 많은 것들이 그 안에서 파도를 이루고 소용돌이치고 있었음을 다시금 깨닫게 되었다. 나는 내 시에서 밝혔듯 "1960년대생 여자아이였다." 아름다운 것들과 갖고 싶은 것들은 넘쳐나는데 여자아이에게는 욕망을 가지는 것이 쉽게 허용되지 않았던 시절에 태어났고 자랐다. 그 욕망을 키우고 돌보아 스스로 충족시킬 수도 있다는 것을 가르쳐주는 사람은 없었다. 국내 최고 명문 대학에 입학했을 때에도 그 대학에 여학생은 전체 학생의 15퍼센트에 불과했다. 그 15퍼센트 중에서 서울이 아닌 지방 출신의 여학생은 더 적었을 것이다. 그런데 학교의 기숙사는 남학생들만의 것이었다. 강의동에는 남학생들을 위한 화장실은 층마다 하나씩 있었고 여학생용 화장실은 격층으로 있었다. 캠퍼스는 산속에 휑하니 놓여 있었고 교문을 나서면 10분을 걸어가야 겨우, '신영 다방'이라는 간판을 단, 오래된 다방 하나가 있을 뿐이었다. 막걸리를 파는

허름한 식당들이 289번 버스 종점 주변으로 늘어서 있는 을 씨년스러운 모습이 당시 대학촌의 풍경이었다. 불안한 청춘들이 그 사이로 몰려다녔다. 민주화 시위가 끊이지 않는 캠퍼스에는 사복 경찰들이 가득했고 그들과 섞이어 자욱한 최루탄 연기 속에서 등하교했다. 도서관 지붕에서 민주화를 외치며 몸에 불을 붙인 동학이 뛰어내리는 것을 직접 목격하기도 했고, 내게 다정하게 대해주던 선배가 군대에서 의문사했다는 소식을 듣고 놀란 가슴에 잠을 설치기도 했다. 그것은 그 시대 젊은이들이 모두 통과해야 했던 경험들이었겠지만 그래도 지방 출신 여학생이 감당해 나가야 할 어려움은 더욱 많았을 것이다. 남성 중심의 사회 속에서 여성에게 가해지는 불가시적이거나 은밀한 차별 또한 이루 말할 수 없을 정도였을 것이다. 고민하고 좌절하면서 우울했고 아주 가끔씩 기뻐했다.

그러나 다시금 생각해보면, 충분한 격려나 지지를 받지 못한 까닭에 무수한 영재들이 꿈을 접어야 했음에 반하여 나는 많은 축복을 누렸다. 눈물 흘린 일도 많았지만 그래도 참으로 예외적인 혜택을 많이 입었다. 당시엔 모두가 어려웠는데도 독지가가 있어 학교 안팎에서 주는 장학금도 많이 받았고 부업 자리도 쉽게 얻곤 했다. 오랜 시간 동안 시를 통해, 그리고 국문학과 영문학, 비교문학 공부를 통해 읽고 쓰는 능력을 키워왔으니 이제 지나온 날들을 증언하기에 적합한 언어를 찾아내고자 한다. 그리고 그를 기록하려고 한다. 글쓰기 훈련은 오래 해 온 편이니 이제 용기를 내어 나만의 시를 쓰고자 한다. 시로 내 삶과 내 시대를 표현하려고 한다. 나의 이야기가 동시에 내 친구들의 삶을 함께 아우르는 것이기를 바란다. 내가 경험한 바가 동시대인 혹은 그 전후 세대 사람들도 "과연 그랬다"고 동의할 수 있게 그렇게 기록되었기를 바란다.

시를 생각하면 어린 시절 친구, 고 A 시인이 생각나곤 한다. 초등학교 3학년 2학기에 처음 만났던 그녀. 우리는 초등학교를 졸업하고 서로 다른 중학교에 배정될 때까지 서로의 그림자처럼 붙어 다녔다. 개성이 서로 다른 우리가 단짝이 되었던 것은 우리의 독서 때문이었을 것이다. 아마도 전교생 중에 우리 둘만큼 독서를 많이 한 친구가 없어서 그랬을 것이다. 우리가 나누는 대화들, 즉 동화나 역사에 대한 이야기들에 흥미를 갖는 다른 친구는 드물었다. A는 겨울 방학에도 진주 시내에서 멀었던 우리 집까지 버스를 타고 와서 놀다 가곤 했다. 그녀는 활발하게 창작하는 시인이 되어 한국 현대 시사의 한 페이지를 멋지게 장식하고 많은 이의 아쉬움 속에 떠났다. 그녀가 멋진 시를 많이 발표할 동안 나는 박사학위를 위한 공부를 하고 결혼하고 아이 낳아 키우고 내가 쓸 수 있는 글을 썼다. 가끔 왜 그녀는 시를 쓰고 나는 시가 아닌 것을 쓰고 있는가 자문하기도 했다. 그러자 초등학교 4학년 때 우리 교실에서의 기억이 떠올랐다. 어느 날 국어 시간에 선생님이 줄임말에 대해 학생들에게 질문하고 계셨다. 쉬운 문제들이 끝나고 가장 어려운 질문의 차례가 왔다. 그 질문 앞에서 답하겠다고 손을 든 사람은 나와 그녀,

둘뿐이었다. 질문은 "'괜히'는 무엇의 준말입니까?"였다. 그녀가 먼저 대답했다. "공연스레 입니다." 선생님이 난처한 표정을 짓고는 나에게 다시 물으셨고 나는 대답했다. "공연히 입니다." 당연히 내가 정답을 맞힌 것이었다. 하지만 그때 나는 의아해했었다. "'히'가 당연한데 왜 '스레'를 생각하는 거지?"

오늘에 이르러 생각하니 어쩌면 그 답에 그녀의 상상력의 근원이 놓여 있었던 것 같다. 그녀의 시세계는 '스레'라는 말이 상징하고 있겠다는 생각이 든다. 합리적인 사유의 틀에서는 찾아내기 어려운 말, 등장할 이유나 근거가 없는 그 말, 그러나 느낌이 좋고 더 독창적으로 들릴 수도 있는 표현. 그렇게 남달리 대답할 수 있었던 그녀, 오답이지만 멋진 표현에 매료되었던 그녀는 그래서 일찌감치 시인이 되었고 개성이 강한 시들을 여러 편 발표할 수 있었나 보다.

'공연히'라는 말 외에는 달리 상상할 줄 몰랐던 고지식한 내가 이제 시라는 새로운 장르에 도전한다. '공연스레'가 그녀의 세계를 설명하는 것과 마찬가지로 나는 '공연히'를 내 시세계의 상징어로 삼아 나만의 세계를 가꾸어 보려고 한다. 더러 내 시가 건조하거나 딱딱하게 되더라도 나는 정확한 근거나 이유가 있는 것만을 말하려 한다. 있는 그대로의 내 경험과 기억만을 표현하려 한다. 부풀리지도 덧붙이지도 말고, 우아하고 부드러운 말에 이끌리어 말하고자 하는 바를 흐리지도 말고. 안개 속을 걷듯 앞이 보이지 않을 때에는 보이지 않는다고 말하며. 또 고통스럽더라도 내 시적 영토의 가장 밑바닥까지 파내려 가보려고 한다. 내 기억과 경험 속 아픈

부위를, 다시 한 번 아니 에르노의 표현대로, 칼로 도려내듯 파고들어 보려고 한다. 부둣가에서 엄마 손을 놓아버리고 해 질녘이면 언덕에 올라 항구에 들어오는 배를 살피던 여자아이, 서울이라는 낯선 땅에서 서울 지도를 들고 한강 이남과 이북을 버스를 타고 넘나다니던 아이, 궁핍한 자취생 노릇을 하면서도 일기장에는 "서울은 내 것이다"라고 썼던 82학번 여대생, 영어로 의사 표현하기도 어려운 실력으로 영문학 공부에 도전했던 젊은 아시아 학생, IMF 관리 체제가 시작되던 시점에 뇌졸중으로 쓰러지신 아버지를 두고 미국 북서부의 우기를 견디면서 박사 학위 논문을 쓰던 유학생, 그리고 또 가부장제의 문화적 억압에 저항하면서 '나는 누구인가?'를 고민하던 한국 여성… 궁핍의 60년대에 태어나, 도약의 80년대를 거치고, 이제는 기술 문명 사회의 선도적 위치에 서 있다는 한국 사회, 그 구성원인 한 여성이 나만의 기억과 경험을 시로 쓴다.

언젠가는 후회할지 모르지만 나는 이제 말하려 한다. 미국 시인 앤 섹스튼의 시구처럼 "나는 내가 누구인지 안다"고 외치려 한다. 그러나 나의 방식으로 이렇게 새롭게 부르짖고자 한다. "마침내, 나는 내가 누구인지 안다." 나는 거칠더라도 정직한 방식으로 내가 살아온 나날들을 시로 남기려 한다. 내가 기록할 때에만, 내 기록을 밟고 누군가가 더 용감하게 일어설 수 있으리라 믿어본다. 그런 사람들로 인하여 더 멋지고 자유로운 삶, 더 조화롭고 아름다운 시대를 볼 수 있으리라 믿어 본다.